나비 날다

나비 날다

초판 1쇄 인쇄_ 2017년 7월 17일 | **초판 1쇄 발행_** 2017년 7월 24일
지은이_다독다독 책읽는 엄지인(신엄중학교 인문독서동아리) | **엮은이_**백윤자
펴낸이_오광수 외 1인 | **펴낸곳_**꿈과희망
디자인 · 편집_김창숙, 박희진 | **마케팅_**김진용
주소_서울시 용산구 백범로90길 74, 대우이안 오피스텔 103동 1005호
전화_02)2681-2832 | **팩스_**02)943-0935 | **출판등록_**제2016-000036호
e-mail_ jinsungok@empal.com
ISBN_979-11-6186-010-7   43810

대한민국 책쓰기와 사랑에 빠지다

나비 날다

우리들의 성장 다이어리

다독다독 책읽는 엄지인 지음 | 백윤자 엮음

꿈과희망

'나비 날다-우리들의 성장 다이어리'는 신엄중학교 인문독서 동아리 학생들이 활동을 하며 수줍게 써내려 간 글들을 아름아름 엮은 책입니다.

요즘 같은 세상에 글쓰기가 쉽지 않았을 텐데 기꺼이 펜을 들어주고 머리를 쥐어짜며 글을 써 준 인문독서반 아이들이 고맙습니다. 아이들의 작품이 거창하지는 않지만 시인 못지않게 소소한 자신의 일상을 솔직하게 글로 담아준 것에 박수를 보냅니다.

다독다독 책읽는 엄지인

　'다독다독 책읽는 엄지인'은 책을 많이 읽고 서로 격려하는 신엄 중학생이라는 의미로 동아리 이름을 지었습니다. 책 읽기와 글쓰기를 멀리하는 것은 아이들만이 아닌 것 같습니다. 동아리를 통해 아이들이 조금이라도 독서습관을 갖고 펜을 드는 습관이 배어있다면 이로써 만족합니다. 그 동안 함께 했던 인문독서동아리 아이들에게 소중한 시간이었길 바라면서 이 책을 펴냅니다.

지도교사 백윤자

목차

chapter 1
그때는 그랬지

chapter 2
세상 앞에서 주름잡았지

chapter 3
꿈을 향한 날갯짓

chapter 4
생각을 건져 올리다

'나비 날다—우리들의 성장 다이어리' 는
인문독서 동아리 학생들이 활동을 하며
수줍게 써내려 간 글들을 아름아름 엮은 책이다.

그때는 그랬지

용 규

정소영

조용한 동아리 시간
나는 용규에 대한 시를 쓴다
뭘 쓸까 용규를 쳐다보는데
용규랑 눈이 마주쳤다
내가 씨익 웃으니 용규도 씨익 웃는다
설렌다
이만큼 쓴 거 용규한테 보여주니
쓰지 말랜다
근데 어쩌나 더 쓸 건데~
다시 용규를 쳐다보니 나를 째려본다
귀엽다

용규는 손에 잡힐 것 같지만 잡히지 않는
구름인냥 내 하루에 두둥실 떠다닌다

눈물 한 줌

윤한백

질 나쁜 친구에게 꼬집혔다
눈물 한 줌을 흘렸다
급하게 뛰다 넘어져서 다쳤다
눈물 한 줌을 흘렸다
중요한 시험에서 떨어졌다
눈물 한 줌을 흘렸다

너무 많은 눈물을 가지고 있기에
너무나도 잘 흘리어 버리는 눈물

그가 다가와 나의 눈물을 닦아 주었다
눈물 한 줌을 또 흘렸다
힘들어도 결코 눈물 흘리지 않는 그

아버지, 그는 얼마나 많은 눈물을 흘렸을까

여름 방학

강예진

짧다

우리 집 우편함

김도현

좋은 소식, 나쁜 소식
가리지 않고 우편물을
지켜주는 고마운 우편함

비올 때나 바람 불 때나
가리지 않고 누나 시험 합격 소식을
지켜주는 든든한 우편함

내가 아플 때도
내가 올 때까지
기다리면서 지켜주는 의리있는 우편함

슬픈 이야기도, 좋은 이야기도
모두 가슴에 품어주는
우리 집 우편함

등굣길

정소영

일어나니 수업시작 20분 전
어제 늦게 잔 걸 후회할 겨를 없이
씻는 것도 입는 것도 허둥지둥

집을 나가 오로지 학교만 보고
헥헥거리며 달려가는
나를 보고는
돌멩이 하나가 내 신발 속으로 굴러왔다
시간 없어 아무것도 못하는
날 놀리는가 싶어

괘씸해 더 빨리 달려가니
돌멩이도 내 발바닥에서 여행하더라
그러곤 한마디
천천히 가라고 쉬다 가라고

나 걱정해 주는 게 돌멩이라고 하니
분하고
고마웠다

낙서

연다영

수업시간 때 낙서
선생님 몰래 낙서

조용히 사각사각
다행히 선생님은 눈치채지 않았다
멀리서 보니까 분명
열심히
필기하는 걸로 보일 거야

수업 듣는 척 사각사각
중간중간 선생님 근처에 다가오시면
집중하는 척
손으로 가리고 고개 빼꼼

오랜만에 나온 대작인데,
압수당할 수 없지

다시 한 번 더 사각사각
다음 시간에는 어떤 걸 그려볼까

내 철천지원수, 코

윤한백

제 기능은 하지 못하는 주제에
시도 때도 없이 얼굴을 간질이며
생긴 것도 이상한
내 철천지원수

숨도 제대로 못 쉬는 주제에
콧물은 또 엄청나게 흘리고
있어 봤자 짜증만 나는
내 철천지원수
코

왈 왈 왈

벌초 간 아빠에게서 전화 왔다
—비닐 하우스 지붕 열어
귀찮다, 하지만 가야 했다

얼마나 지났나, 하우스가
아 이런, 개들이 앞에 있네
—왈왈왈 멍멍멍
개소리들

눈치껏 행동해 피해갔다
하우스 지붕 여니 우리 개가
—왈왈왈 깨개갱
개소리다

소나기 내리려 하는구나
아 이런, 아까 전에 피한 개들
나에게 달려와 짖어대네

비 맞고 집앞에 도착했네
우리 개까지 짖어대네
아 정말, 주인도 몰라보네

신발

정용규

우리는 신발을 신는다
신발을 신는 의도는 제각각
신발은 우리 발을 보호해 준다

신발은 오래 신으면 닳는다
하얗던 신발이 더러워진다
신발은 자신을 희생한다

신발과 닳게 자신을 희생하는 분이 있다
바로
나의 부모님

신발과 인종

허겸

발의 지킴이
양말의 밖
발의 밖

여러 종류
여러 색
여러 크기

신발이 그렇듯
우리를 감싸는 피부, 사람들도 다양하다

내 동생

김민규

내 동생은 두 명
한 명은 다섯 살, 한 명은 두 살

내 동생들의 뒷정리는 내 몫
그럼 나는 짜증을 내지

"동생이 어지럽힌 것을 내가 지워야 돼?"
그럼 엄마가 하는 말
"네 동생이 어지럽힌 거니까 네가 치워야지."
나는 아무 말 없이 정리한다

얄미운 내 동생

화 분

김영서

화분에서 식물이 자란다

알록달록 예쁜 꽃들
푸릇푸릇 작은 채소들
단아하게 피어난 난초

바깥의 자유로운 식물들을 바라보며
화분 속 식물의 혼잣말
-너의 삶이 나을까, 나의 삶의 나을까

오늘도 화분에서 식물이 자란다

내 친구와 비밀번호

강미선

내 친구는 불쌍하다
휴대폰을 샀지만 쓸 수 없다
휴대폰이 고장난 것도 아니다
하지만 내 친구는 휴대폰을 쓸 수 없다
비.
밀.
번.
호.
내 친구가 휴대폰을 쓸 수 없는 단 한 가지 이유
비밀번호를 걸었지만 못 풀어서 끙끙대는
내 친구

친 구

양수지

내 옆에 있는 친구
옆 반 친구

방탄소년단을 좋아하는 친구
제이홀스와 닮은 친구
나의 단짝
내 친구

절망하려고

이누림

뚜벅뚜벅
운동화를 신고 학교에 간다

뚜벅뚜벅
슬리퍼를 신고 교실에 간다

뚜벅뚜벅
시간표를 확인한다

절망한다
1교시부터 과학이다

공사중

김도현

오늘도 어김없이 들린다
공사소리

교실 위에서도 들린다
공사소리

공부할 때도 들린다
공사소리

지겨워서 듣기 싫다
공사소리

오늘도 어김없이
우리 동네는 공사중

왜 부르는 거야

정소영

야
왜(외)
수영장

디스크

윤한백

친구에게 던지면 소리가 차진 플로피 디스크
내 컴퓨터에 들어 있는 건 하드디스크
시디의 뜻은 콤팩트 디스크
매 목에 달고 사는 건 목 디스크
이건 내겐 큰 리스크

삼각 플라스크

이예강

과학시간이다

선생님이 보여주신 투명한 플라스크에는
예쁜 초록색 BTB용액이 들어 있었다
날숨을 불어넣으니 예쁜 노란색으로 변한다

예쁘다

선생님

정소영

그분은 올백 머리에
안경을 끼고 계신다
그분은 지나갈 때마다
너무 반짝거려
쳐다볼 수 없다

또 그분은
우리 반의 담임 선생님이시다

chapter 2

세상 앞에서 주름잡았지

시 험 보 는 날

이누림

시험 날 비가 오면
날씨가 흐려서 기분이 나쁘고

시험 보는 날
해가 뜨면
날씨가 맑아서 기분이 나쁘고

시험 보는 날은 하늘이 맑아도 흐려도
다 기분 나쁘다

지 우 개

김영서

연필이 남긴 실수를 지우는 지우개
실수를 지우기 위해 몸이 깎여 나가는 지우개
시험 기간이면 더욱 빠르게 깎여 나가는 지우개

때로는 누군가의 잘못도 함께 지우는 지우개
잘못된 손에서 누군가의 노력의 결실도 지우는 지우개

의욕이 앞서 몸통이 조각나는 지우개

하지만 그런 지우개도
연필이 지나간 흔적까지는 지울 수 없다

시험

이예강

시험이 3일 남았다
머리엔 아무것도 들어 있지 않다
분명히 3주 전에도 했던 생각이지만
눈 떠보니 3일 전이었다

그래서 벼락치기 공부하기로 마음 먹었더니
왜 이렇게 공부 빼고 다 재미있어 보이는 걸까
그리고 어느새 컴퓨터 앞에 앉아 있었을까
정신을 다잡기 위해 눈을 감았고
깨어보니 아침이었다

수업시간

이예강

선생님께서
칠판에 문제를 쓰시고
날짜를 물으신다
다행이다, 오늘은 7월 5일
내 번호가 아니다
휴, 숨을 돌리고 안심한다

갑자기 생뚱맞은 번호를 불러
내가 걸렸다

선생님은 변덕쟁이다

가화만사성

김도현

가족, 가족이 좋을수록
모든 일이 잘 풀린다

가족은 화목할수록
가족은 웃음이 많을수록
가족은 언성이 없을수록
눈물이 적을수록 긍정적일수록 좋다

이러한 가족이라면
나의 마음도 덩달아
좋아진다

시험공부 하고 싶은데

시험을 잘 보기 위해서는
시험공부를 해야 한다
그것도 아주 열심히

시험공부는 하고 싶은데
현관문을 열고
집에 들어오면 정면에
컴퓨터의 모니터 얼굴이 보인다

나는 학교에서 결심한 의지 즉 시험공부를 하겠다는
의지를 잊지 않고
컴퓨터의 얼굴을 무시했다

그 뒤로 방으로 들어가 옷을 갈아입고 공부를 하려는데
교복 주머니에 폰이 있는 것이 아닌가
나는 이미 컴퓨터의 영향인지 의지가 약해져 있던
상태여서 결국 폰을 하기 시작했다. 그것도 많이……

지금은 그것이 후회스럽지만
그 순간은 재미있었다

운동장

강예진

수업시간 빼고
항상 득실거리는
운동장

종치면
우르르 나가고
우르르 들어오는

아마 학교에서
가장 인기 많은 건
운동장

가족

양수지

가족, 가족, 가족
우리에게 사라지면 안 될 존재
가족이 언젠가 나의 곁을 떠나지만
떠나지 말았음 하는 마음

지금은 잔소리하는 게 짜증나지만
어른이 돼서는 그리울 소리
곁에 있을 때 잘 하자

특별한 날

이누림

오늘은 특별한 날이라고
시험 끝난 월요일이라 생각했는데

오늘은 특별한 날이라고
시험 끝난 화요일이라고 생각했는데

아직은 시험 전 주 월요일
아직은 시험 전 주 화요일

월요일이 그렇게 좋을 줄은 몰랐다
화요일이 그렇게 좋을 줄은 몰랐다

체육시간

연다영

띠로디로리
수업종이 울린다 이번 시간은 체육
너도나도 체육복을 꺼내
갈아 입는다

시끄러운 체육시간
운동장으로 뛰어가랴
엄지관으로 뛰어가랴
쿵
쿵
흔들리는 발소리

조용한 체육시간
초롱초롱한 눈빛으로 선생님의 지시를
기다린다
선생님의 한마디에
환호성을 지르거나 실망하는 아이들

활발한 체육시간
사이좋게 놀던 것, 다 잊고
승부욕에 불탄다
피구 할 때에, 아이들은 피구를 못해
한이 된 망령이 씌인 듯이 무섭게 변한다
축구할 때에 아이들은 수업시간에
떨기만 하던 다리들이 뇌를 지배한다

나는 이런 체육시간을 감당하기
힘들다

운동장

김민규

운동장은 놀이터

물 마시는 학생, 축구하는 학생, 뛰어노는 학생, 철봉하는

학생

모든 아이들을 받아주는 마음이 넓은 엄마

타이밍

정용규

가족끼리는 타이밍이 잘 맞는다
숙제를 하려고 마음 먹으면
숙제를 하라고 하시는 기막힌 타이밍

게임을 그만 하려고 마음을 먹으면
게임을 그만 하라고 하시는
정말로 기가 막힌 타이밍

양치질을 하려고 마음을 먹으면
다시금 양치질을 하라고 하시는
기막힌 타이밍

이럴 때면 나는
하고 싶은 마음이 싸~악 가시고
정말로 하기 싫어진다

시험 스트레스

정용규

점차 다가오는 시험

집에 가면 밀려오는 잔소리 폭풍

시험공부를 하려 해도 잔소리 때문에

공부가 싫어지네

날 좀 그냥 내버려 두었으면

잔소리 때문에 밀려오는 스트레스

스트레스 때문에 시험은 망칠 것도 같네

그렇게 짜증나며 공부하면

머리에 들어오는 것도 없네

어찌어찌 공부를 마쳤지만

부모님의 한마디

왜 이렇게 일찍 끝나냐며

30분만 더 하라고 하시네

하기가 싫어도 어쩔 수 없이 30분 더 하면

스트레스, 그 스트레스를 풀려고

게임 조금 하다보면

머릿속은 백지상태로 리셋

결국은 시험을 못 보게 되어

또 잔소리

더 넓은 세상

연다영

눈으로 바라본 세상
싱그러운 초록 들판
넓고 푸른 하늘

마음으로 바라본 세상
넓고 푸른 들판
싱그러운 초록

눈이 말하길
그런 건 세상에 존재하지 않아
마음이 말하길
좀 더 넓은 세상을 바라보자

초간단 공부 레시피

주민국

후다닥
뭐든지 빠르고 맛있게
아이들이 원하는 모든 음식들이
모두 여기에 있다
꼬마김밥, 유부초밥, 소고기 주먹밥

어른들이든 노인이든 청소년이든
간편하고 조리하기 쉽게 레시피가 따닥

공부도 후다닥
시작과 끝매듭이 분명했으면

교과서만 넘기면 머릿속으로 입력되는
초간단 시험과목 공부 요리법
어디 없을까

꿈과 현실의 괴리

양두호

도서관에서 책을 읽었다
판타지의 조상인
반지의 제왕을 읽었다

역시 판타지 소설의 아버지
읽자마자 책에서 빛이
나는 것 같은 착각이 든다

책을 다 읽고 나니 생각나는
다른 판타지 소설들 그중에
흔한 국산 판타지 소설들

우리나라의 판타지 소설
몇 개를 읽고 나서 드는
생각들 중 한 가지

꿈과 현실의 좁혀지지 않는 괴리감

간단하고 고소한 참깨 떡갈비

주민국

요리책을 펼친다

－고소한 떡갈비 야금야금
－간단하게 만들 수 있는 떡갈비
－참깨를 덮은 떡갈비 한 입 베어 먹어 보세요
－참말로 기가 막힌 떡갈비

집에서 떡갈비 만들 준비하네
하나 돈이 부족해 재료를 못 샀네
대신 사들고 온 인스턴트 참깨 떡갈비
간단하고 맛있는 참깨 떡갈비

맛있지만 비싼 요리

주민국

쇠고기 야채볶음, 육즙이 끝내주네
하지만 가격대비가 안 된다네

참치 간장 구이, 포동포동하고 입에서 녹네
하나 냉동참치, 몇 백만 참치를 못 먹는다네

장어데리야끼 덮밥, 장어가 나의 몸을 감싸네
하지만 장어의 가격이 처참해 눈물이 나네

먹고 싶어도 못 먹는 불쌍한 내 인생
인생이 참 가엾고 딱한 느낌이 드네

반전

이예강

애벌레가 사람들에게 손가락질 받는다
애벌레는 생각한다
내가 나비가 되면 콧방귀 뀌며 날아줘야지

번데기가 사람들에게 야유 받는다
번데기는 생각한다
내가 나비가 되면 실컷 비웃어줘야지

그러나 그 생각은 거미줄에 걸려 사라져 버렸다

번 데 기

김민규

나는 번데기
이불 속에서 나비가 되기를 기다리는 번데기
빨리 이 지겨운 이불에서 나가고 싶어
큰 밖에 나가면 아름다운 꽃들이 나를 반겨 주겠지

무슨 알

허겸

무슨 알일까?

올챙이 알,

병아리 알,

타조 알일까?

안에 사람이 있을까?

건들면 폭발할까?

폭탄일 수도 있지만 그냥 피구공이다

귀찮은 애벌레

허겸

집에 가면
가방을 툭 놓고
침대에 눕는다
아무것도 하기 싫다
이불 속에서 꿈틀거리는 "애벌레"이다
아무소리도 안 들리고
어떤 것도 귀찮은 애벌레가 됐다
아침이 되면 나비가 되어 학교에 간다
맨날 이렇다

실패와 성공

정소영

실패,
그 어떤 약보다 쓰디쓰다
목구멍으로 너무 느리게 내려가
너무 힘들다
성공,
그 어떤 사탕보다 달콤하다
목구멍으로 너무 빨리 내려가
너무 아쉽다
실패로 내려가고
성공으로 올라가 보니
그 어떤 산보다 내려가는 길이 험했고,
그 어떤 산보다 올라가는 길이 가팔랐다

번데기와 나

이거 하지 마라

저거 하지 마라

수도 없이 쏘아대는 부모님 잔소리

해보고 싶은 것도 많고

하고 싶은 것도 많고

그런 우리들을 가로막는 것들은

예쁜 날개를 펼칠 수 있는 나비가 되기 위한

일종의 번데기 과정 중 하나일 거야

조금만 참는다면 미래를 준비하는 우리들에겐

번데기는 정말 중요한 과정의 일부이겠지

지금은 힘들겠지만 나비가 될 나를 생각하며

미래의 나를 떠올려볼래

번데기에서 나비로 탈바꿈한 나의 모습을……

소화기

-마음속에 불을 끄고 싶다

윤한백

모든 사람들의 마음속엔

저마다 소화기가 하나씩 있다

마음속에 불이 나면 이걸로 끈다

그러다가 간혹

안전핀이 뽑히지 않을 때가 있다

소화기에 약이 없을 때가 있다

내 의지로 뽑으려 해도 뽑히지 않으니

내 의지로 불끄려고 해도 꺼지질 않으니

거센 불이 모든 걸 불사르는 것을

그저 지켜 볼 수밖에 없다

소화기는 미리 미리 사두자

지워지지 않는다

윤한백

지우개로 지워도 지워지지 않는다
수정펜을 칠해도 지워지지 않는다
걸레로 열심히 밀어도
지워지지 않았다
사람 입은 무엇보다 날카로울 수 있기에
말 한마디는 무엇보다 날카로울 수 있기에
입으로 준 상처는 어떤 상처보다도
깊게 아주 깊게 패일 수 있다
결코 지워지지 않는다

행 복 한 줌

정소영

더운 여름 날씨
시원한 바람 솔솔

행복 한 줌

수업시간 잠이 콜콜
꿈속에서 만난 중기 오빠

행복 두 줌

거울 앞에 앉았는데
오늘따라 왜 이리 예뻐 보이지?

행복 세 줌

행복을 화수분 바가지에 넣었나 보다

애벌레

이누림

1초
꿈틀꿈틀
꿈틀꿈틀

1초에 한 번
1mm

애벌레가
1mm를 기어가는 동안

우리는 1초 후 시작될
점심시간을 기다리고 있다

우 리 집 개

양두호

학교를 가기 위해서
이불에서 마루로
마루에서 마당으로 나온다

마당에 자기 집 앞에서
돌멩이 베개 삼아 누운
우리집 개

사람들은 힘들게
학교 가서 공부하고
일터 가서 땀 흘리는데
드러누운 개

개가 눈빛으로 말한다
'너희는 공부하고 일해라'
'나는 편하게 쉬겠다'
세상에서 제일 부러워 보이는 개

껍데기를 벗겨야 제 맛

양두호

이 세상에 있는 것들 중에선
껍데기를 벗겨야 제 맛인 것들이 존재한다

껍데기를 까야 제 맛 나는
땅콩과 아몬드와 콩을

그리고 오랜 나의 친구
까칠함을 벗겼을 때의 나의 친구
제대로 친구의 맛을 알아주는 나
우린 오랜 친구이다

한숨

김영서

학교나 집안에서 일이 잘 풀리지 않아 괴로워하는
학생들의 한숨

대학을 나와도 일자리가 없어 방황하는
청년들의 한숨

사회에서 역할을 강요받고 사람들과의 관계에 시달리는
어른들의 한숨

가족이 자신을 찾아오지 않아 힘겹게 하루하루를 이어가는
노인들의 한숨

모두가 내쉬는 그 한숨에
그 누구도 희망을 품지 못했다

버스정류장 풍경

김도현

한결같이 같은 곳을 달리는 버스

매일매일 같은
버스정류장을 돌고 돈다

나는 그런 버스들을
버스정류장에서
기다린다

어느 오후엔 일을 마치고
버스 안에서 귀여운 표정을 짓고 있는 아기 사진을 보는
아저씨도 있고

자는 아이의 등을 따뜻하게 쓰다듬어주는 엄마도 있다

그날 오후는 정말
따뜻한 오후였다

귀찮음

허겸

쓰기 귀찮음
생각하기 귀찮음
일어나기 귀찮음

너무 귀찮다
공부하기 귀찮다

그러나
놀기는 귀찮지가 않다

chapter 3

꿈을 향한 날갯짓

잊지 마라

강미선

멋진 그림 속 날아드는 한 마리의 나비
꽃밭을 휘저어 다니는 한 마리의 나비

힘차게 날아오르기 위한 노력
자신이 원하던 비행을 위한 노력

옛날의 애벌레 시절을 잊지 마라
어릴 적 번데기 시절을 잊지 마라

늘 겸손해 하며 살아갈 수 있기를
늘 고마워하며 날아다니기를

풀밭을 날아드는 한 마리의 나비
멋진 풍경 속 한 마리의 나비

하늘 저 너머에

주민국

날고 싶어라, 하늘 저 너머로
마음껏 날고 싶어라, 저 어딘가에

내게 날개 있었다면 편할 것을
저 맑고 푸른 하늘로 날아올라
하늘 저 너머에 있는 세계로

높이높이 저 하늘 위로 날고 싶네
저 시원한 바람을 마음껏 맞이하며 날고 싶네
하지만 못 나는 현실, 참으로 아쉽네

저 하늘 너머 날아갈 수 있다면 좋겠거늘

그렇다면……
내 마음에 날개를 달아
바람에 띄워보네

나는 알이다

정용규

나는 알이다
나는 나의 부모도 모른다
단지 옆에 있는 많은 알이 보이는 것뿐

나는 곧 있으면 애벌레가 된다
내가 커서 무엇이 될까
궁금하긴 하지만
내가 애벌레가 꼭 돼야 하나

나는 근심걱정이 많은 알
애벌레가 되면 새한테
잡아먹히진 않을까

그래도 나는 기쁘다
그 이유는 나는 아직 알이기 때문이다
내가 나비가 될지
내가 나방이 될지
그건 세상 누구도 모른다
나에게 무한한 가능성이 있다는 것도 말이다

나비

이누림

나비
호랑나비
흰나비
제비나비

나비 종류는 많지만
시상은 떠오르지 않네

나비, 나비, 나비, 나비, 나비 …….

꿀 먹는 나비

연다영

툭
투욱
나뭇잎 잔뜩 먹어치운 포식자
그대로 이불 두르고 자다가
드디어 이불을 찢고 일어난다

꾸깃꾸깃 접힌 날개 펴고
찢어놓은 이불 버리고 훌훌 넓은 하늘 날아간다
풀먹고 자랄 땐 몰랐는데
날아보니
거미줄, 고양이 앞발, 잠자리채

천적이 많아졌다
그런데
꽃의 잎만 먹고 살았는데
꽃의 꿀이 너무 맛있다

이게 바로 어른의 맛

밤하늘

강미선

파란색과 하얀색 물감을 섞어 쏟은 듯한 저 하늘
누군가 그리다 만 것 같은 저 구름
내가 그린 해가 저물면
누군가 하늘에 전구를 단 듯
박혀 있는 저 별들은
아래에 있는 점 같은 우리들을 비추어
이 온 세상을 환하게 만들 것만 같아

저기 저 멀리 해를 마중 나온 달에게
어서 이 깜깜한 커튼을 쳐달라고 부탁하지 않으련
별들의 반짝이는 합주를 어서 보고 싶다고 말이지
아마 저 아래에 있는 모든 것들이 이 아름다운 연주회를
신나게 즐기고 있을 테지
나도 기다리며 다가오는 어둠을 기다리고 있을게

민들레

강미선

여행을 간다

좁은 세상에서 벗어나 이 한 몸

바람에 실려

목표도 모르는 이 세상 어딘가로

우리는 떠나려 한다

고난과 시련을 앞두고서 훨훨 날아가리

눈앞에 보이는 세상 밖으로

움츠러든 목을 들었을 때 마침내 떠나가리

도착한 곳을 그리며 바람타고 흘러간다

저 푸르른 하늘 위로

스승의 날

김영서

아침에 급하게 준비해 만든 몽쉘 케이크
아이들이 칠판에 가득 써놓은 글귀들

−선생님, 감사합니다
−가르쳐 주셔서 감사합니다
−샘, 예뻐요

몇 아이들이 사온 과자를 나눠먹는 조촐한 과자파티

그 모든 걸 보신 선생님은
그저 흐뭇하게 웃으셨다

나비, 번데기, 애벌레, 알

양수지

개는 멍멍
고양이는 야옹야옹
병아리는 삐약삐약
모든 동물들은 소리를 낸다
귀뚜라미는 귀뚤귀뚤
매미는 맴맴
쓰르라미는 쓰르쓰르
많은 곤충들도 소리를 낸다
나비는 소리를 못 낸다

하지만 나비는 행복하다

막상 나비가 되니

김민규

나는 누구일까?
번데기일까?
아니야 나는 하늘을 나는 나비
번데기 때는 하늘을 보고 싶었는데
막상 나비가 되니 하늘이 질리네

너는 번데기 나는 나비다

강예지

넌 번데기 난 나비다
네가 번데기 때 나는 나비다
내가 너보다 오래 살았다
알겠니 번데기야

나는 누구일까

정용규

나는 누구일까
나는 아직 작은 흰 알
내가 누구일까

나는 애벌레
무엇의 애벌레일까
나방일까 나비일까

나는 번데기
무엇이 되려고 번데기가 된 것일까
밖에선 실로 둘러싸여서
흰 색이지만
내가 있는 안쪽은 빛도 들어오지 않는다
이 안에 있으면 누가 나를
잡아먹을 것 같은 생각이 든다

나는 나비
알에서 애벌레, 애벌레에서 번데기
나는 힘든 나날을 버텼다지만 힘든 일은
지금부터가 시작인 듯하다

하늘 거울

허겸

하늘은 언제나 있다
평범하다고 생각하지만
평범하지 않다
이 하늘은 날마다 다른
날의 하늘이 다가온다
누군가는 느끼지 못하는 하늘을
자신은 느낄 수도 있다

누군가에게는 편안하고
또다른 누군가는
짜증나는 것일 수도 있다
오늘의 하늘은
오늘 밖에 보지 못한다
자신의 거울 같은
하늘이다

사람들은 나비를 아름답다고 말한다

이예강

사람들은 나비를 아름답다고 말한다
저 펄럭이는 날갯짓이 아름다운가
저 꽃 위에 살포시 앉는 모습이 아름다운가

적어도
나는
알의 기다림
애벌레의 꿈틀거림
번데기의 주춤거림
이 모든 나비가 되기까지의 과정이 아름다워서 아름답다고
생각한다

나비의 꿈

김영서

작은 애벌레는
커다랗고 아름다운 날개를 가진 나비를 동경했다

작은 애벌레는
나비가 되기 위해 어떤 고난과 시련도 견뎌냈다

하지만
나비가 된 작은 애벌레는
아이들에게 팔다리를 붙잡혀 날개가 뜯긴다

작은 애벌레는 몰랐다
그 찬란한 나비 뒤에 무엇이 숨겨져 있었는지

시

정용규

오늘은 화요일
나는 동아리 시간에
한 편의 시를 쓰는 중이다

물론 이 시는 절대로
쓸 내용이 생각이 안 나서
쓰는 시는 아니다, 절대로

날아보자

양두호

새야 새야 참새야
훨훨 한 번 날아보자
하늘 높이 날아보자

벌레 먹다 농부에게
잡히고 쫓겨 와도
몸이 작고 힘이 없어
계속해서 고생해도

새야 새야 참새야
훨훨 한 번 날아보자
푸른 하늘 향해 날아보자

시간과 꿈

주민국

내가 가진 시간과 꿈
시간은 유효하다. 하지만 무효하다
시간은 영원하지 않다

꿈은 아주 많다. 하지만 다는 아니다
꿈은 모든 것을 이룰 수는 없다
꿈은 제한적이지만 이룰 수는 있다

시간과 꿈
시간이 가면 갈수록
꿈을 이룰 수 있게 된다

나만의 시간과 꿈
이 두 가지는 나의 것이다
내가 가질 수 있는 시간과 꿈

내 하루

양두호

오늘은 내가 기다린
아주 신나는 휴일이다
내가 아주 기다린

늦잠을 자고 일어나
아침 다 먹고 시간을 봐
오전 아홉 시 반이다

우와아 내가 뭘 했나
벌써 오후다 우와앙
시간을 새벽으로 되돌리고 싶다

그리운 그 소리

정소영

사각 사각 사각
요즘엔 연필소리가 그리워진다.
옛날엔 교실 곳곳에서 들렸는데
이젠 교실에서 샤프심 부러지는 소리만 들린다
내일은 연필소리 사러 문방구에 들러야겠다

눈

이누림

눈이 내린다
선생님의 말씀이라는 눈이 내린다

눈이 내린다
이 세상 그 무엇보다 가장 무거운
눈이 내린다

어느 순간 눈은 차가운 얼음으로 변해
나를 얼린다

그 추위에 나도 언다

눈이 내린다
눈이 내려온다

너희들을 뚫어지게 봐야겠다

강미선

국, 수, 역, 과, 영, 기, 도
내가 너희들 싫어하지만 앞으로는 많이 봐야 될 것 같다

중간고사가 보름 남았네
선생님들은 책 속에 문제가 있다고 하지만 나는 그것을 못
찾기 때문에
너희들을 뚫어지게 봐야겠다

시험에 나올 만한 문제를 하나 더 찾기 위해

책

윤한백

표지와 다량의 종이들

정말 간단한 구조지만

정말 뭐든 담을 수 있다

사랑과 희망 같은 추상적인 것부터

우주 같은 터무니없이 큰 것까지

써내려 가는 대로 나타나는 무한한 공간

이 공간을 유영하는 것만으로

탁 트인 느낌의 상쾌함을 느낄 수 있는 곳

책은 그곳의 입구

우리는 이미 천국에 와 있는지도 모른다

어디에도 정답은 없었다

이예강

"모든 정답은 책에 나와 있다"
선생님들께서 숱하게 하시는 말씀

그러나
어디에도 정답은 없었다

교 과 서

김영서

교과서는 모든 걸 알려준다
우리가 모르는 것들이 들어있다

교과서는 모든 걸 알려주지 않는다
진실이 숨겨져 있는 교과서들이 있다

교과서는 모든 사람들이 믿는다
재앙을 불러오기 쉽다

교과서는 잘못되기 쉽다
진실만을 기록해야 한다

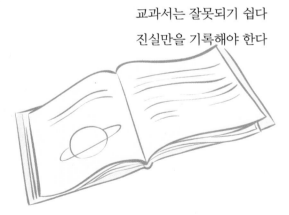

의 자

김도현

나는 지금 의자에 앉아 있다
의자는 든든하다
하지만 불편하다

집에서도 의자가 있고
학교에는 수없이 많다
버스정류장에도 있다

우리는 의자에 앉아
폰도 하고 공부도 하고
음악을 듣기도 하고
책을 읽기도 한다

의자는 우리가
하는 일들을 안다
의자는 우리와
정말 가까운 친구인 것 같다

이 불 토 피 아

양두호

집안에 번데기가 하나 있다
이불로 덮여 있는 번데기

그 안에 자고 있는 내가 있다
고양이베개 안고 자고 있다

밖으로 내 머리를 내놓는다
갸아악 눈이 부셔 안 보인다

또다시 이불 속에 들어간다
이불 속 유토피아, 이불토피아

보드게임

허겸

캠핑 갈 때
친구와 시작하기로 한
보드게임이 하나 있다
친구는 무척 자신만만하다.
하다 보니 친구는 지고 있다
어느새 화를 내는 친구가 되어 있다
하다 보니 친구가 이기고 있다
어느새 약올리는 친구가 되어 있다
보드게임으로 친구의 성질을 알게 되었다

추석

김민규

추석에는 온가족이 모이네
고모하고 고모부에게 용돈을 받는 날
그리고 사촌 동생하고 만나서 같이 게임도 하는 날
추석음식 냄새로 온 집안이 가득하네

헤어질 때가 되면 아쉽지만 설에 다시 만나자고 약속하네

눈

정용규

책은 연필로 쓴다
책은 눈으로 본다
눈이 보이지 않는 사람은
손으로 본다

눈이 내린다
보통은 눈을 눈으로 본다
하지만
눈이 보이지 않는 사람은
아름다운 눈을
손으로 느낀다

하루하루

주민국

하루하루의 삶
매일같이 똑같은 삶
매일같이 비슷한 삶

누구나 하루 동안 살아갈 동안
누구는 하루를 따분해 한다

누구나 하루 동안의 삶이 있는 한
누구는 그 삶을 지겨워 한다

언제나 언제나 똑같은 하루일과
이것이 반복되어 삶의 가치도 점점 떨어진다

누구나 한 번쯤 생각해 본 것
새로운 삶을 살아보는 것

chapter 4
생각을 건져 올리다

지금의 심경은

이예강

시험이 끝났다
분명히 끝났는데
아직도 너무 슬프다
힘들고 후회스럽다

그래도
시험이 끝나서
분명히 끝나서
지금은 너무 기쁘다
안심되고 살 것 같다

드디어
시험이 끝났다

알록달록 이쁜 국화

양수지

친구의 얼굴처럼 밝은
노란 국화
하얀 하늘처럼 맑은
하얀 국화
우리 학교를 알릴 수 있는 꽃
국화꽃

바람이 불 때 리듬을 타는
나무같이
꽃들은 바람과 같이 춤을 춘다
알록달록 이쁜 국화
내 친구들처럼 이쁘다

장래희망

연다영

나의 장래희망은 수도 없이 변하였다. 선생님에서 화가, 웹툰 작가 등 지금은 게임과 그림에 큰 관심을 가지고 있어서 지금의 꿈은 게임 그래픽 디자이너이다. 사실은 그래픽 분야도 좋지만 캐릭터를 구상하여 게임화시키는 분야도 해보고 싶은 마음이다. 좋은 대학에 들어가서 게임 관련 그래픽 기술을 배워 멋진 회사에서 게임 디자인을 해보고 싶다. 아직 이 직업을 가지려면 어떤 노력을 해야 할지 알 수 없지만 꼭 능력을 키워 열심히 성장하여 미래의 유저를 위한 그래픽팀이 되고 싶다.

가방지퍼 닫히는 소리가 좋다

김도현

소리 없는 종이 치면
애들의 목소리 대신
책장 넘기는 소리
필기하는 소리로 가득하다

생기 있는 종이 치면
땅이 흔들린다

맛있는 종이 치면
숟가락이랑 급식판이
부딪히는 소리가 난다

가방지퍼가 닫히는 종이 치면
애들이 인사하는 소리가 들린다
너도 나도 손에 폰을 들고
교문을 나간다
나는 가방지퍼 닫히는 소리가 좋다

가을 바람

연다영

가을 바람 살랑
분명 더웠는데
맨살에 스치는 차가운 칼바람에
몸이 오슬오슬 떨린다

'다음에 꼭 긴팔 입어야지' 라며
차가워진 팔을 손으로 문질러 본다
그런데
긴팔 입으니 답답하다

추워질 거면 빨리 추워지지
이건 무슨 계절인 걸까

사춘기

정소영

아침 일찍 일어났다고
좋아라 하던 내 기쁨은 어디 갔을까

엄마 아빠 보이면
바로 달려들어 안기던 내 행복은 어디 갔을까

스티커 몇 장 모으면
뿌듯한 내 순수함은 어디 갔을까

산꼭대기

윤한백

오늘도 찬바람이 날 맞이한다
산밑 작은 마을은 늘 봄이지만
높은 산 위에서 자연은 세침데기다
조금 늦게 왔다면 따신 바람 맞을 수 있을까
가끔 여기도 따신 바람이 불었으면 좋겠다
'형' 이라는 이름의 산꼭대기

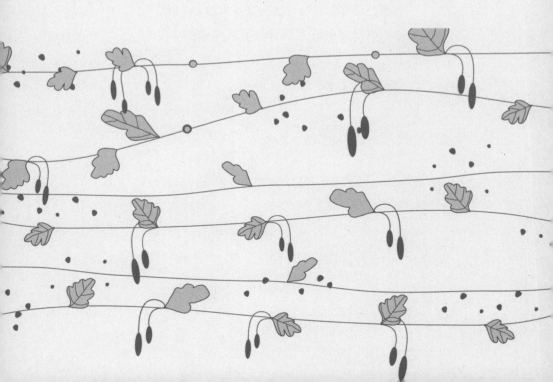

시간의 공포

주민국

나의 시간이 줄곧 지나간다
내가 공부를 하면 시간은 느리게 가고
노는 것을 하면 보통으로 흘러가고
게임을 하거나 잠을 자면 총알처럼 지나간다

언제나 시간이 계속 지나가면 갈수록
나의 마음은 불안감에 휩싸인다

평일은 누구나 시간이 빨리 가길 누구나 원한다
주말은 즐거운 날이지만 시간이 가면 갈수록
줄곧 다시 평일이 오고 다시 피로가 쌓인다

시간은 곧 공포이며 나의 적이다

4월의 어느 봄날

푸르른 하늘은 자취를 감추고
마을과 사람들을 삼킨 잿빛 연기가 피어올랐다

까마귀떼가 하늘을 뒤덮었고
땅에는 비릿하고 축축한 냄새가 진동했다

사람들의 울음소리는 제주 오름과 바다를 울렸다
마을마다 비명소리가 하늘에 닿았다

높고 푸른 하늘과 아이들이 뛰놀던 소리는 모두 어디로 갔
을까?

붉은 동백꽃과 노란 유채꽃은 입을 다물었다

비설(飛雪)
−마지막 아이의 자장가

강미선

거센 바람에 흩날리는 눈
눈더미 속에서도 이 아이만은
더 이상은
더 이상은 안 되겠다고
핏빛으로 물들여진 눈앞의 광경을
믿겨지지 않지만 떠나야 하는 이곳을
우리 아이만은
우리 아이만큼은 지켜주기 위해

덧없이 흩날리는 눈
한 발자국 한 발자국 이 눈길을 걸으며
윙이자랑 윙이자랑 불러대는
마지막 숨결인 듯 보듬은 어미의 자장가
이 어미가 보는 앞에서 아기가 잠들길
제발 이 어미 품속에서 조용히 잠들길

그건 그런데

이누림

가을인데
천고마비의 계절인데
하늘 따라 올라갈 내 성적은
고소공포증 있다며 땅에 붙어 있고
말이 살찌듯 투실투실 해야 할 내 점수
성장을 멈췄는지 옆으로 더 이상 커지지 않는다

가을인데
단풍의 계절인데
단풍처럼 붉은 동그라미로 가득 차야 될 내 시험지
소나무마냥 사시사철 색이 변하질 않는다

가을인데
많은 것이 바뀌는 계절인데
내 성적도 가을을 따라 변했음 좋겠다

울음

정용규

컴컴함 내 방에 들어간다
침대에 누워 이불을 뒤집어 쓰고
끄윽끄윽 소리 죽여 운다
다음날 일어나 거울을 보았다
퉁퉁 부어 있는 내 눈
세수하고 학교에 간다
집에 오면 또다시
내 방에 들어가
끄윽끄윽 소리를 죽여서 운다

'항아리'를 읽고

이 항아리는 독을 처음 짓기 시작한 젊은이가 만든 항아리이다. 전문가, 기계가 아니라 멋지고 비싼 항아리가 아니다. 이 책에서의 주인공은 이 항아리이다. 멋지지 않지만 이 항아리는 기뻐한다. 만들어진 지 얼마 되지 않아 뒷마당에 놓아지고 잊혀졌다. 아무 존재도 없이 쓸쓸했다.

가끔씩 별빛과 가랑잎, 소나기와 빗물이 지나가기도 했다. 이 항아리는 자신의 가치와 태어난 이유를 알고 싶어한다. 어느 날 젊은이의 오줌독이 된다. 가치가 있지만 슬펐다. 겨울이 지나고 봄이 된 농사에 씨를 뿌리고 오줌을 뿌렸다. 항아리는 자신의 가치를 느끼게 된다. 한참이 지나 몇 년이 지나고 젊은이가 늙은이로 되고 세상을 떠났다.

어느 봄, 가마터를 부수고 새로 절을 하나 지었다. 규모가 컸다. 절에는 종도 있었다. 사람들이 종소리를 마음에 들어 하지 않자 항아리를 종 밑에 묻었다. 그러자 소리가 항아리 속을 들어갔다 나오며 울렸다. 항아리가 드디어 존재의 의미를 얻었다.

쓸모없는 것은 없다. 모두 달라도 필요있고 그 의미가 발할 때가 있다. 자신을 포기하지 말고 우울해 하지 말자. 지금의 자기 자신이 이와 같을 수도 있다. 포기하지 말고 사는 것이 최선이다. 최선은 곧 성공이다. 현재를 참으면 미래의 기회가 있다.

세대 차이와 새것의 등장에 따른 대가

−하근찬, '전차구경'을 읽고

김영서

　이 작품은 예전에 전차를 운전하는 일을 했던 조 주사가 지하철 건설을 시작해 일자리를 잃고 부동산 중개업을 하다 지하철이 개통되자마자 손주와 함께 지하철 나들이를 하다가 남산에 놓여져 있는 헌 전차를 보며 추억을 회상하는 내용이다. 이 작품에서 가장 인상 깊었던 것은 할아버지의 소중한 추억이 깃들어 있는 옛날의 물건, 풍습들을 손주가 곰팡이 냄새가 난다고 하며 싫어하는 것이다. 할아버지가 무척 아끼고 소중히 여기는 옛날의 추억들을 이해하기엔 손주가 너무 어렸다.

　할아버지가 운전하던 전차가 새로 건설된 지하철 때문에 아무런 관리도 받지 못하고 남산의 어느 놀이터에 버려지듯 놓여 있는 것이 안타까웠다. 그런 이유 때문에 할아버지가 옛날 것을 너무 좋아하고 옛날의 것을 본체로 여기는 것 같았다. 손자는 너무 어린 탓에 자신의 입장에서 새 것은 좋다, 옛날 것은 곰팡이 냄새가 난다라고 극단적으로 말하니 할아버지가 조금 슬펐을 것 같다.

　다음으로 인상 깊었던 것은 새것이 생겨날수록 일자리를 잃는 사람이 많아진다는 것이다. 새로운 것의 탄생은 사람의 필요에 의해서 생활이 더욱 편리해지도록 만드는 것인데 새것이 생겨날수록 꿈을 잃는 사람이 늘어간다는 게 이상한 것 같다. 새것이 생겨날수록 살기 편해지지만 동시에 살기 힘들어진다. 새것이 생기는 것에 대가가 따른다는 생각을 하고 나서 세상을 생각해 보니 겁이 났다. 이미 세상은 빠른 속도로 변화하고 있는데 사람들이 꿈꾸었던 직업이 크고 나서 사라져 있다면 꿈꿀 수 없게 된다면 너무 슬플 것 같다.

세대에 따른 인식 차이가 사람들 사이에 갈등을 일으킬 수 있다는 것을 알게 되었다. 이전까지는 그렇게 문제가 심각하다고 생각하지 않았는데 이 작품을 읽고 세대에 따른 가치관의 차이가 큰 문제를 일으킬 수 있다는 생각이 들었다. 한쪽에선 오래된 것이 무조건 옳고 그것이 본체라고 주장하고, 다른 쪽에선 새것이 무조건 좋고 아름다운 것이라고 주장하면 안 될 것 같다. 오래된 것과 새 것의 차이를 인정하고 두 가지의 아름다움을 인정해야 한다.

새것이 생기는 것에 대가가 있다는 것도 알게 되었다. 이전까지는 새것이 생기면 그냥 생기는 거구나라고 생각했는데 생기면 생길수록 어떤 사람들은 자신이 사회에서 할 역할을 빼앗긴다는 것을 알게 되었다.

앞으로는 새것과 오래된 것, 둘 다 각자의 장단점이 있고 각자의 아름다움을 인정하고 새것이 만들어지는 데에 대가가 따른다는 것을 의식하고 생활하려고 노력해야겠다.

'선물(The present)'을 읽고

허겸

이 이야기의 선물을 받으면 행복해지고 무엇이든지 훨씬 잘 할 수 있게 된다. 이곳에서 그 선물은 무엇일까? 그 선물은 이미 우리가 알고 있다고 한다. 이 선물은 자신 스스로 찾아야 한다. 이 선물을 찾으려면 행복하거나 성공적이었던 때를 생각하면 된다. 가장 소중한 선물은 과거도 아니며 미래도 아닌 현재이다. 이것은 매일 받는 가장 소중한 선물이 될 것이다. 우리들은 현재에 존재할 때 행복과 성공을 느낄 수 있다. 그러나 만약 상황이 나쁠 때에는 이런 선물이 도움이 될 것인가.

이 책에 나온 조언은 아무리 어려운 상황에 처해 있어도 옳은 것에만 집중을 하면 더 행복해질 수 있고 해결할 수 있다는 것이다. 또한 고통스러운 상황을 겪을 때 그것을 피하려 하지만 말고 그 고통에서 배움도 얻도록 노력하는 것이다. 우리는 나쁜 과거 같은 것들이 있다. 과거는 지나가기 어렵다. 과거에서 배움을 얻어야 현재가 나아진다. 미래를 아는 사람은 없을 것이다. 그러나 계획은 가능하다. 미래의 계획을 세우면 현재의 걱정과 불안이 줄어든다. 이 모든 것들을 지키면 행복하고 즐거운 삶을 살아갈 수 있을 것이다. 더 나은 삶을 만들어 주는 책이다.

'들려요? 나이지리아'를 읽고

김영서

이 작품은 도서관을 둘러보다가 예전에 제목을 들어본 작품이어서 빌려서 읽게 되었다.

이 작품의 줄거리는 권력자들이 숨겨놓은 비밀들을 고발하기 위해 목숨을 걸고 뛰는 아버지와 그 가족들이 겪는 수난들을 담은 이야기이다. 이 작품에서 가장 인상깊었던 것은 자신들의 비밀을 지키기 위해 남의 가족의 생사를 가지고 협박할 수 있는 사람들이 존재한다는 것이었다. 아무리 중요한 비밀이라고 하더라도 사람의 목숨을 가지고 장난치는 일은 옳지 못한 것이라고 생각한다. 더군다나 이 비밀은 자신들이 저지른 악행인데 악행을 덮기 위해 악행을 하는 것은 용서할 수 없는 일이라고 생각된다.

나라의 운명을 결정할 수도 있는 중요한 비밀들을 고발하려는 아버지는 용감하지만 가족들을 배려해 주지 못했다고 생각한다. 그런 위험이 따르는 일을 저지르려면 적어도 가족들을 안전하게 피신시킨 이후에 해야 한다고 생각한다. 나쁜 비밀들을 알리려는 것은 참 좋은 일이지만 그전에 가족과 자신의 안전을 챙긴 후에 했으면 좋았겠다는 생각이 든다. 그랬더라면 적어도 아이들 둘이서 생판 모르는 남과 함께 와본 적 없는 도시에 가서 미아가 될 일도, 이름을 속이면서 마음고생할 일도 없었을 것이다.

이 작품을 읽고 세상의 나쁜 비밀들을 고발하는 것은 참 힘든 일이라는 것을 알게 되었다. 또, 이를 감수하고 목숨을 걸고 일하는 사람들이 정말 용감하다는 것을 알게 되었다. 앞으로는 신문이나 뉴스를 많이 봐서 그들의 소식을 더 많이 접해야겠다.

한글이 있으니 이 얼마나 다행인가
- '초정리 편지'를 읽고

이누림

장운이는 몸이 안 좋은 아버지와 그런 살림을 이끄는 누이와 함께 살며 먹고 살기 위해 그날도 산에 나무를 하러 가는 길이었다. 별 다를 것은 없는 날이었지만, 장운은 이 날로 대단한 인생 역전(?)을 맛보게 된다.

토끼를 잡으러 가다 의문의 한 할아버지가 정자에 앉아계신 것을 보고 호기심에 다가간 장운은 약수를 떠다주는 조건으로 쌀을 한말씩 받기로 한다. 하지만 할아버지가 조건을 바꿔 글공부를 하면 쌀 한 말을 받는 것으로 한다.

보리밥으로 매끼를 해결하던 장운에게는 얼마나 행운이었을까? 그렇게 장운은 글을 배우며 쌀을 받는다. 그러다 누이가 빚을 못 갚아 팔려가게 되고 장운은 그 슬픔으로 산에 나무를 하러 가지 않아 할아버지를 만나지 못하게 된다. 다시 정신을 차리고 할아버지를 만나러 간 장운은 할아버지가 다시는 장운을 보러 오기 힘들 거라는 이야기를 듣는다.

그 후로 장운은 누이와 편지를 주고 받으며 슬픔을 달랜다.

어느날 장운은 돌들을 발견하고 한때 최고의 석수였던 아버지의 직업을 물려받아 석수가 되기로 한다. 석수로 잔일거리 하며 살던 도중 한양에 갈 수 있는 기회가 생긴다. 하지만 집안 형편이 어려워 포기하게 된다. 그러나 동무들의 도움과 아버지의 격려로 한양에 가게 된다. 한양에서 잘 생활하던 어느날 장운은 편지 한 통을 받게 된다.

누이가 집에 돌아온다는 것이다. 기쁜 장운은 얼른 일이 끝나길 바라며 주변 석수들에게 글을 알려준다. 그러다 임금님이 행차하신다는 이야기를 듣고 길 옆으로 가다 책과 글을 쓴 것을 지우지 못하고 간다. 그러자 임금님이 장운이 쓴 것과 책과 장운을 알아보셨다. 임금님이 그 할아버지고 장운은 임금님의 직속제자였던 것이다.

만약 임금님이 한글을 창시하지 않으셨다면 어떻게 되었을까? 인생역전의 기회가 오지 않았을 것이다. 그리고 우리도 지금 이렇게 쉽게 수행평가를 하지 않고 있을 것이다. 정말 다시 한번 한글을 창제하신 세종대왕께 감사할 일인 것 같다. 말 그대로 한글은 '정말 있으므로 얼마나 다행인가' 가 절로 나온다. 한글아 고맙다~.

행복 만들기 프로젝트

강미선

행복 만들기 프로젝트 하나, 카네이션 달아드리기.

아침 일곱 시. 일어나자마자 내가 잤던 이불을 정리하고 바로 가방에 숨긴 어버이날 카드와 카네이션을 부모님께 드렸다. 중학생이 돼서부터 학교에서 카드를 쓰지 않았지만 그 전날 집에서 몰래 몰래 쓴 어버이날 카드를 수줍게 내밀어 보았다. 엄마 아빠는 내심 기대에 가득 찬 눈빛으로 카드를 받으셨고 바로 한 글자 한 글자 또박또박 읽어보셨다. 너무 쑥스러워 몸이 배배 꼬인 나는 어디 쥐구멍으로 들어가고 싶은 심정을 가지고 부모님의 반응을 살펴보았다. 다 읽으신 부모님은 나와 동생에게 '정말 고맙고 사랑한다' 라고 말씀해 주셨다. 열심히 색종이 오리고 편지 써서 만든 카드가 어떠한 보석보다도 이렇게 빛을 발하는 순간 나도 모르게 정말 뿌듯한 감정을 느끼게 되었다. 그렇게 어버이날 하루를 편지 드리기로 시작하였다. 오늘 하루만큼은 우리를 위해 열심히 일하시는 부모님을 대신해 모든 것을 해드리고 싶었다. 그래서 웬만큼 부모님 손을 빌리지 않으려고 노력 많이 했다.

동생과 만든 행복 만들기 프로젝트 둘, 주방 보조하기.

식사 할 때도 요리 빼고 모든 식사 준비는 나와 동생이 하고, 방에 계시는 부모님께 늘 하던 말 "진지 잡수세요!"를 외쳤다. 식사를 마치고 뒷정리는 동생이 하고 설거지는 내가 했다. 손에 물 한 방울 묻히기 싫어하는 내가 오늘만큼은 반드시 하겠다는 의지가 불타올라

열정으로 설거지를 후다닥 끝냈다. 겨우 방에 들어가서 쉴까 싶었지만 아빠께서 과일을 드시고 싶다고 하셔서 과일도 깎아 드렸다. 평소 같았으면 자르는 것은 쉽지만 하려는 마음이 없어 잘 해드리지 못하고 엄마 손을 빌렸었는데 막상 과일 깎기 시작하니까 지루하지 않고 맛있게 드시는 모습을 보고 내가 대견스럽다는 생각까지 다 들었다. 커피를 좋아하시는 엄마께 커피까지 타드리니까 뭔가 점점 뿌듯한 나로 변하기 시작했고 자신감을 얻어 집안일을 돕게 되었다.

행복 프로젝트 만들기 세 번째는 빨래와 청소이다.

전에도 늘 하던 것처럼 빨래도 하고 청소기도 돌리고 바닥도 깨끗하게 닦고 가구 위에 먼지도 닦고 하니까 정말 몸이 부족한 것 같았다. 내 방을 청소하면서 정말 더럽다는 생각이 들었고 어떻게 청소할지 막막했는데 이것보다 더 많은 일들을 하고 계시는 부모님은 얼마나 힘들고 고되실까 생각하면서 열심히 청소했다. 하고 싶은 마음은 굴뚝같았는데 시간은 가고 속도는 나지 않아서 조마조마했지만 가까스로 다 끝냈다. 청소한 티를 내려고 하지 않았지만 그래도 자랑스러운 내가 칭찬 좀 듣고 싶어서 "엄마 나 청소했는데 완전 잘했지", "엄마 나 내 입으로 말하긴 좀 그렇지만 정말 착한 것 같아^^" 라고 말했더니 엄마께서는 그런 내가 귀여우신 듯 칭찬과 박수까지 해주셨다. 그렇게 큰일까지 한 것은 아니었지만 그래도 칭찬 들으니까 '칭찬은 고래도 춤추게 한다.' 속담과 같이 나를 춤추게 했던 것 같다. 빨래 또한 빨랫감이 들어있는 세탁기에 뚜껑을 닫고 지난번에 엄마가 가르쳐주신 작동법대로 조작하니까 신기하게도 빨래가 윙윙 돌아갔다. 빨래가 다 돌려지고 나서 빨래 건조대에 있는 마른 빨래들을 다 개고 다 빤 빨래들을 다시 널었다. 사실 빨래는 나보다 더 깨끗이 빨아주는 든든한 세탁기가 있어서 그렇게 힘들다고 느끼지 않았지만 계속되는 옷들을 보고 약간 옷이 싫어지는 증세를 보이는 게 흠이었다. 깔끔을 떠는 내가 옷에 뭐 조금이라도 묻으면 바로 옷을 갈아입고 그랬는데 다 그게 엄마를 힘들게 한 것이었구나 반성하게 되었다. 그래도 엄마가 해야 할 집안일들의 수고를 조금씩 덜어드리는 것 같아 뿌듯해 했고 실수한 것 없기를 바랐다. 엄마를 도와드리는 일이 이렇게 마음 한 구석을 따뜻하게 한 것인 줄 몰랐는데 그제서야 알게 된 것 같았다.

매번 어버이날에 일 나가서 제대로 된 효도를 못해드렸는데 이번에 돌아온 어버이날은 엄마 아빠 둘 다 집에 계셔서 더더욱 뜻깊은 어버이날을 보냈던 것 같다. 평소에도 부지런히 늘 해야 하는 것들인데 일 다녀와서도 집에 와서 또 일하는 부모님의 모습을 보면서 아무렇지 않게 피했던 내가 정말 부끄럽고 못났던 것 같다. 정말 부모님께 죄송한 마음이 물밀 듯이 밀려오는 것 같다. 왜 못했을까. 숙제가 없던 날에도 피곤하신 부모님께 도움이 되지 못할망정 폐만 끼치는 게 정말 후회스러운 것 같다. 일 다녀와서 어디 아프다 어디 쑤시다 하는 엄마 아빠를 보고도 어찌할 바를 몰라 모른 척했는데 안마는 해주지 못하더라도 파스정도는 붙여야 되는 건데 그마저도 귀찮아하는 내가 원망스러웠다. 그래서 어버이날 밤에는 엄마 아빠 아프신 데다 파스도 붙여드리고 안마도 해드렸다. 물론 대화도 많이 나누려고 노력했다. 요즘 뉴스라든가 회사에서 있었던 일이라든가 오늘 날씨라던가 그런 사소한 것들을 대화했는데 정말 좋았다. 그리고 엄마와 내가 더 가까워지게 된 것 같았다. 안마는 나의 야무진 손으로 열심히 했는데 그게 도움이 됐을지 모르겠지만 어깨를 돌리며 시원해 하시는 모습에 기분이 좋았고 빨리 아픈데 나으셨으면 좋겠다는 생각이 들었다. 자식이 아픈 것을 부모가 볼 수 없듯이 자식들도 부모 아픈 모습 보기 싫어하는 것은 마찬가지다. 괜히 툴툴거려도 다 이해하시고 우리가 많이 걱정하고 있다는 것을 알아주셨으면 좋겠다.

이렇게 2016년 행복한 어버이날을 보내게 되었다. 열심히 효도 한 것 같은데 앞으로 이런 어버이날이나 생신 때만 하는 그런 가식적인 효도가 아니라 평소에도 열심히 효도하는 착한 효녀가 되도록 해야겠다. 그날 어버이날 이후로 내가 혼자서도 할 수 있는 것 들을 부모님께 떠맡겼다는 생각을 하게 되어 부끄러웠다. 앞으로도 최선을 다해서 공부도 열심히 하여 부모님을 기쁘게 해서 효도하고 집안일도 돕는 그런 딸이 되어야겠다고 다짐도 하게 되었다. 컴퓨터 핸드폰보다 부모님과의 대화도 더 늘리고 어깨도 주물러드리고 힘들고 어렵다는 효가 아니라 미소를 짓게 만드는 그런 효생활을 앞으로 점점 늘려야겠다. 부모님의 기대치에 부응하는 믿음직스러운 맏딸이 되어 부모님 실망시키지 않는 효녀 되고 동생에게도 다정다감한 언니가 되어야겠다.

"부모님, 하늘만큼 우주만큼 아니 그보다 더 사랑합니다"

동아리 활동 후기

다독다독 책읽는 엄지인 지음(신엄중학교 인문독서동아리)

■ 3학년 1반 윤한백

1. 인문독서 동아리 활동하면서 느낀점

   시를 쓸 때마다 소재를 생각하느라 애먹었다.
   다 쓰면 나도 모르게 성취감이 든다. 그리고 조
   용했던 게 좋았다. 여기만큼 조용한 곳은 아마
   없을 거다.

2. 내 인생에서 소중했던 책 한 권을 소개하면……

   ① 책 : 《피그보이》

   ② 저자 : 비키 그랜트

   ③ 한 줄 책 내용 : 유머러스한 영웅담

3. 책이란 전기(電氣)이다.

   왜냐하면 전기가 발견되어 지금의 21세기를 만든 것처럼 문자의
   저장이 인류를 발전시켰기 때문이다.

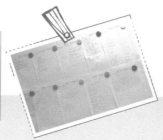

■ 3학년 1반 양두호

1. 인문독서 동아리 활동하면서 느낀점

   이거 하면서 고전소설이랑 반지의 제왕 전부
   다 읽은 것 같다. 귀찮아서 안 읽었는데 어느
   샌가 다 읽게 되는 마성의 동아리인 듯.

2. 내 인생에서 소중했던 책 한 권을 소개하면……

   ① 책 : 《반지의 제왕》

   ② 저자(글쓴이) : J.R.R.톨킨

   ③ 한 줄 책 내용 : 반지 때문에 중간계가 개판(?)이 되는 소설

3. 책이란 오락이다.

   왜냐하면 오락하는 것만큼 재미있기 때문이다.

■ 3학년 1반 주민국

1. 인문독서 동아리 활동하면서 느낀점
   그냥 평온하게 하루하루를 보낼 수 있어 좋다
   는 점이었다.

2. 내 인생에서 소중했던 책 한 권을 소개하면……
   ① 책 : 《웬만한 요리는 다 있다》
   ② 저자 : 김진용
   ③ 한 줄 책 내용 : 고기류, 채소류, 수프 등등 진짜 웬만한 요리 모
      음이 있는 책이다.

3. 책이란 퀄리티이다.
   왜냐하면 삶의 퀄리티를 높이기 때문이다.

■ 2학년 1반 강미선

1. 인문독서 동아리 활동하면서 느낀점
   인문독서 동아리 하면서 글을 쓴 게 책으로 나
   온다는 게 신기했고 얼른 책을 만나보고 싶다.

2. 내 인생에서 소중했던 책 한 권을 소개하면……
   ① 책 : 《하이킹 걸즈》
   ② 저자 : 김혜정

③ 한 줄 책 내용 : 비행을 저지른 두 소녀가 실크로드 횡단을 하는
　여행기

3. 책이란 빙산의 일각이다.

왜냐하면 내가 지금까지 읽은 책보다 앞으로 읽을 책이 더 많기 때
문이다.

■ 2학년 1반 이누림

1. 인문독서 동아리 활동하면서 느낀점

처음에는 친구들과 놀 생각에 그다지 큰 의미
없이 들어왔지만 이렇게 책까지 나오니 뿌듯하
다.

2. 내 인생에서 소중했던 책 한 권을 소개하면……

① 책 : 《바람의 아이》

② 저자 : 한석청

③ 한 줄 책 내용 : 주인공은 중국의 침략에 부모와 헤어져 주금도
　사와 생활을 하게 되는데…… 주금도사와 함께하는 나라 되찾
　기!

3. 책이란 놀이동산이다.

왜냐하면 길이에 따라 탈지 말지 읽을지 말지 결정하기 때문이다.

■ 2학년 1반 김도현

1. 인문독서 동아리 활동하면서 느낀점
   책에 대한 생각이 긍정적으로 바뀌었다.

2. 내 인생에서 소중했던 책 한 권을 소개하면……
   ① 책 : 《스티븐 호킹》
   ② 저자 : 이수정
   ③ 한 줄 책 내용 : 스티븐 호킹은 천재이다.

3. 책이란 도서관이다.
   왜냐하면 책을 읽을수록 내 머리의 도서관에 채워지기 때문이다.

■ 2학년 2반 이예강

1. 인문독서 동아리 활동하면서 느낀점
   처음에는 마냥 책만 읽는 줄 알아서 좋겠다 싶
   어서 신청했었는데 시 창작, 감상문 작성 등의
   활동들을 해보니 단순히 책만 읽는 것보다 훨
   씬 도움이 된 것 같다.

2. 내 인생에서 소중했던 책 한 권을 소개하면……
   ① 책 : 《위저드 베이커리》
   ② 저자 : 구병모

③ 한 줄 책 내용 : 가족의 갈등에서 도망쳐 나온 소년은 신비한 빵 가게에 들어가고, 빵가게의 신비한 비밀을 알게 된다.

3. 책이란 여유이다.
왜냐하면 여유 있을 때 책을 읽기 때문이다.

■ 2학년 3반 김영서

1. 인문독서 동아리 활동하면서 느낀점
인문독서 동아리 활동을 하면서 책을 많이 읽게 되어 재미있었다.

2. 내 인생에서 소중했던 책 한 권을 소개하면……
① 책 : 《카윌라위브》
② 저자 : 마지 페레그리노
③ 한 줄 책 내용 : 전쟁을 피해 이동하는 중앙아메리카의 가족

3. 책이란 디딤돌이다.
왜냐하면 자신의 가치관의 밑바탕이 되기 때문이다.

■ 1학년 1반 연다영

1. 인문독서 동아리 활동하면서 느낀점

   이 동아리에 들어와서 여러 시를 쓰고 책을 읽
   으면서 내가 책을 얼마나 좋아하는지 알게 되
   었다.

2. 내 인생에서 소중했던 책 한 권을 소개하면……

   ① 책 : 《개미》

   ② 저자 : 베르나르 베르베르

   ③ 한 줄 책 내용 : 개미들이 인간을 바라보는 시선을 소설로 펴낸
      내용이다.

3. 책이란 황금똥이다.

   왜냐하면 건강한 음식을 먹으면 황금똥이 나오듯 책이 황금처럼
   가치있기 때문이다.

■ 1학년 2반 허겸

1. 인문독서 동아리 활동하면서 느낀점

   책과 관련된 독후감, 시, 책읽기를 많이 해볼
   수 있어서 좋았다.

2. 내 인생에서 소중했던 책 한 권을 소개하면……

① 책 :《시크릿 스페이스》

② 저자 : 서울과학교사모임

③ 한 줄 책 내용 : 우리 생활의 기술의 윤리가 그려지고 적은 책
   이다.

3. 책은 인생이다.

왜냐하면 언제나 책을 읽어야 하기 때문이다.

■ 1학년 2반 정소영

1. 인문독서 동아리 활동하면서 느낀점

인문독서 동아리에 와서 책 읽는 즐거움을 알
수 있었다. 시를 쓰는 것에 흥미를 느낄 수 있
었고 관심이 생겼다. 이 동아리 덕분에 새로운
흥미를 느낄 수 있어 좋았고 또 계속 좋고 싶다. 새로운 즐거움을
알게 되는 좋은 경험이었다.

2. 내 인생에서 소중했던 책 한 권을 소개하면……

① 책 :《꽃들에게 희망을》

② 저자 : 트리나 폴러스

③ 한 줄 책 내용 : 더 넓은 세상을 원하는 애벌레의 이야기다.

3. 책이란 힐링 캠프다.

왜냐하면 책을 읽는 동안에는 힐링이 되기 때문이다.

■ 1학년 2반 강예진

1 인문독서 동아리 활동하면서 느낀점
   할 게 없어서 했는데 생각보다 낫다.

2. 내 인생에서 소중했던 책 한 권을 소개하면……
   ① 책 : 《내가 세상에서 제일 불쌍해》
   ② 저자 : 이상교
   ③ 한 줄 책 내용 : 왕따가 탈출하는 내용

3. 책이란 키이다.
   왜냐하면 생각이 커지기 때문이다.

■ 1학년 2반 정용규

1. 인문독서 동아리 활동하면서 느낀점
   시나 독후감은 귀찮지만 책을 읽을 시간이 많
   아서 좋다.

2. 내 인생에서 소중했던 책 한 권을 소개하면……
   ① 책: 《소년 셜록홈즈》
   ② 저자 : 앤드루 레인
   ③ 한 줄 책 내용: 소년시절 셜록홈즈의 이야기

3. 책이란 길잡이이다.

   왜냐하면 책을 많이 읽으면 바른 삶을 살 수 있기 때문이다.

■ 1학년 3반 양수지

1. 인문독서 동아리 활동하면서 느낀점

   처음 인문독서에 들어왔을 때 친구 따라 들어
   온 게 엄청 후회스러웠다. 하지만 지금은 친구
   때문에 너무 재밌다.

2. 내 인생에서 소중했던 책 한 권을 소개하면……

   ① 책 :《하버드 새벽 4시 반》

   ② 저자 : 웨이슈잉

   ③ 한 줄 책 내용 : 세계에서 노력하고 열정을 가진 학생들의 모습
     을 알 수 있다. 그리고 좋은 글귀들이 있다.

3. 책이란 지루한 시간이다.

   왜냐하면 지루한 시간에 책을 읽으면 시간이 빨리 가기 때문이다.

■ 1학년 3반 김민규

1. 인문독서 동아리 활동하면서 느낀점

   정말 재미있었지만 다음에는 더 재미있는 것을
   했으면 좋겠다.

2. 내 인생에서 소중했던 책 한 권을 소개하면……

   ① 책 : 《80일간의 세계일주》

   ② 저자 : 쥘 베른

   ③ 한 줄 책 내용 : 픽스와 파스파르투가 들어간 곳도 그런 아편굴
   중 하나였다.

3. 책이란 행복이다.

   왜냐하면 책을 읽는 동안은 행복하기 때문이다.

*이미지 출처 : yes24